La princesa de los manantiales

Para Flora Mary Miranda Fisher.
M. F.

Para mis tres hermanas.
M. P.

Primera edición, 2017
Primera reimpresión, 2018

Depósito Legal: B. 9.392-2017
ISBN: 978-84-682-5182-0
Núm. de Orden V.V.: MK62

© 2014 MARY FINCH
Sobre el texto literario.

© 2014 MARTINA PELUSO
Sobre las ilustraciones.

© ALBERTO FUERTES
Sobre la traducción.

© EDITORIAL VICENS VIVES, S.A.
Sobre la presente edición según el art. 8 del Real Decreto Legislativo 1/1996.

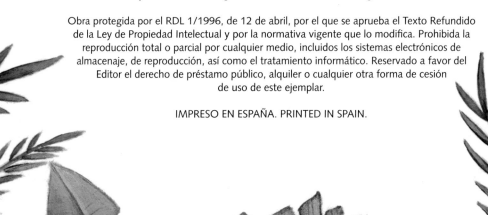

La princesa de los manantiales

Cuento de Brasil

Versión
Mary Finch

Ilustraciones
Martina Peluso

VV Kids
Vicens Vives Kids

Índice

CAPÍTULO 1

La princesa Ibura

Hace mucho tiempo, cuando el mundo aún era joven, el Gigante de la Luna se enamoró de la Giganta del Gran Río y le construyó un palacio de plata adornado con conchas marinas y relucientes piedras preciosas.

Pasado un tiempo, el Gigante de
la Luna y la Giganta del Gran Río
tuvieron una hija. La niña era fuerte
como el Gran Río y sus ojos brillaban
como la luna. La llamaron Ibura, la
Princesa de los Manantiales. Ibura
reinaría sobre los manantiales, los ríos
y los lagos de aquella tierra.

Con el tiempo la pequeña Ibura se convirtió en una muchacha hermosísima, lista y prudente. Quería mucho a su madre y era feliz en el palacio de plata, donde quería vivir toda la vida.

Pero cada día, cuando el Gigante del Sol surcaba los cielos, veía a la Princesa de los Manantiales en el agua de los ríos y los arroyos. Y le parecía tan hermosa que acabó por enamorarse de ella.

—¡Ah! —suspiraba el Gigante del Sol—. ¡Estamos hechos el uno para el otro!

Así que un día llamó a la puerta del palacio de plata y le pidió a Ibura que se casara con él.

—No puedo casarme contigo —respondió
Ibura—. Por nada del mundo querría
separarme de mi madre.

Pero el Gigante del Sol ya se había decidido, y como era tan fuerte y valiente, estaba acostumbrado a salirse con la suya. Todos los días le pedía a Ibura que se casara con él y que se fuera a vivir a su palacio de oro en el cielo. Y aunque Ibura siempre le respondía que no, el Gigante se quedaba tan triste que Ibura empezó a tomarle cariño.

—Sí, me casaré contigo y nos
iremos a vivir juntos a tu palacio
de oro en el cielo —le respondió
al fin la princesa—, pero solo si
puedo regresar una vez al año al
palacio de plata para pasar tres
meses con mi madre, la Giganta
del Gran Río.

CAPÍTULO 2

El palacio de oro

De manera que el Gigante del Sol e Ibura, la Princesa de los Manantiales, se casaron y se fueron a vivir al palacio de oro en el cielo, donde eran muy felices.

El Gigante del Sol era amable y
protector, pero Ibura echaba de menos
a su madre. Volvía a casa tres meses
al año, y durante aquellos meses el
Gran Río y los demás ríos y lagos
resplandecían de alegría.

Pasado el tiempo, Ibura y el Gigante del Sol tuvieron un hijo. Ibura quería llevárselo al palacio de plata para que su madre lo conociera. Pero el Gigante del Sol decidió que el niño se debía quedar con él.

—El príncipe se tiene que quedar en casa, en el palacio de oro. Es demasiado pequeño para viajar contigo hasta el Gran Río.

Ibura se quedó muy triste. Adoraba a
su hijo y lo iba a echar de menos durante
los tres meses. Pero también sabía que
el Gigante del Sol lo cuidaría muy bien y
aceptó que el príncipe se quedara en el
palacio de oro.

CAPÍTULO 3

Secuestrada

Ibura emprendió el viaje hacia el palacio de plata, pero al llegar no encontró a su madre por ninguna parte. La princesa la buscó por todas las habitaciones.

—Madre, ¿dónde estás? —decía Ibura, pero nadie le contestaba.

La princesa preguntó a los peces del Gran Río si habían visto a su madre.

—No —le respondieron—. No la hemos visto.

La princesa preguntó a los granos de
arena de la playa si habían visto a su
madre.

—No —le respondieron—. No la hemos
visto.

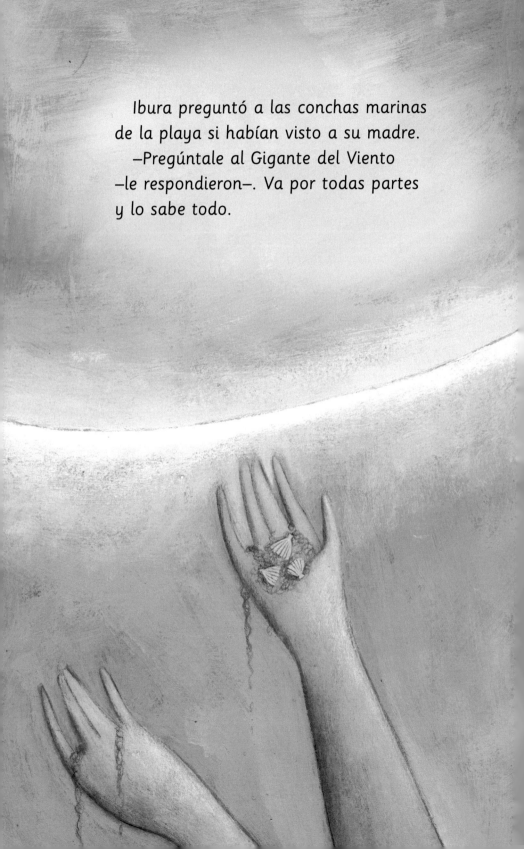

Ibura preguntó a las conchas marinas de la playa si habían visto a su madre.

—Pregúntale al Gigante del Viento —le respondieron—. Va por todas partes y lo sabe todo.

La princesa no sabía qué más podía
hacer. Así que se fue a la casa del
Gigante del Viento y le preguntó:
—¿Sabes dónde está mi madre?

El Gigante del Viento le prometió que
buscaría a la Giganta del Gran Río. Fue
soplando por colinas y bosques hasta que
llegó al castillo del Gigante de la Tierra.

El Gigante del Viento se coló por cada grieta del castillo. Y en la mazmorra más profunda encontró a la madre de Ibura. El Gigante de la Tierra se quería apoderar del castillo de plata y del río, y había encarcelado a la Giganta del Gran Río en una celda de la parte más oscura de su castillo.

El Gigante del Viento regresó a su hogar y le contó a Ibura que había encontrado a su madre. La princesa se encaramó a su espalda y los dos juntos se fueron volando al castillo del Gigante de la Tierra.

—Devuélveme a mi madre —exigió la princesa de los Manantiales.

—Ni hablar —respondió el Gigante de la Tierra—. Ahora me pertenece y se quedará aquí.

—Entonces soplaré hasta derribar tu castillo —dijo el Gigante del Viento. Y sopló y sopló, y tanto sopló que todas las puertas del castillo se abrieron de golpe, incluso la de la mazmorra profunda.

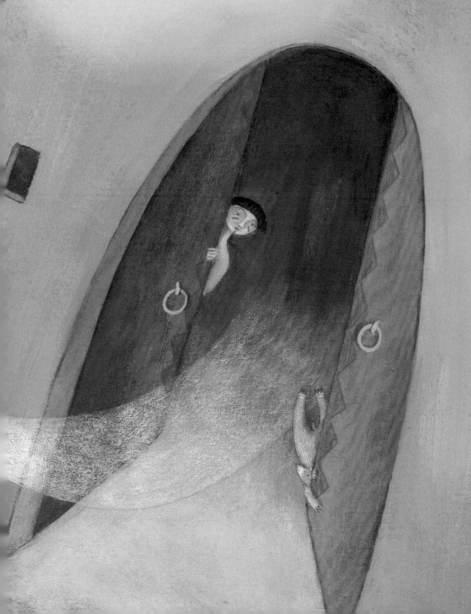

La Giganta del Gran Río se puso muy contenta al ver a su hija. No podía soportar aquella mazmorra tan oscura y tenía muchas ganas de volver a respirar aire fresco. Ibura sacó a su madre del castillo y le dio un caluroso abrazo.

La princesa y la Giganta del Gran Río le agradecieron al Gigante del Viento su ayuda. Después regresaron al palacio de plata. Llevaban más de tres meses fuera de casa.

—El Gigante del Sol no sabrá dónde estoy. Me estará echando de menos —dijo Ibura—. Y mi hijo también me debe de añorar. Tengo que regresar a casa.

CAPÍTULO 4

El príncipe perdido

El Gigante del Sol se disgustó mucho con Ibura cuando, transcurridos tres meses, la princesa no regresó a casa. Pero en lugar de salir en busca de Ibura, se casó con otra mujer. Y como su nueva esposa estaba celosa del pequeño príncipe, lo echó de casa y lo envió a los cielos, lejos del castillo.

Pero al cocinero le daba mucha pena
el pequeño príncipe. Lo veía tan solo
y perdido entre las nubes que decidió
traerlo de nuevo a palacio y esconderlo
en la cocina. El príncipe jugaba con los
perros y se comía las sobras que
el bondadoso cocinero le guardaba.
El pequeño príncipe estaba tan sucio
que nadie podía reconocerlo.

Al llegar al palacio del Gigante del Sol
la Princesa de los Manantiales preguntó
por su hijo. Pero el pequeño príncipe
no estaba allí. Una de las sirvientas de
palacio rompió a llorar y le contó a la
princesa que la nueva esposa del Gigante
del Sol lo había expulsado del castillo.

—¿Y dónde está ahora el príncipe?
—preguntó Ibura.

—No lo sé —dijo la pobre sirvienta.

—Debemos encontrarlo enseguida
—dijo la princesa.

Así que recorrió los jardines y el
palacio llamando a su hijito, pero no
dio con él.

La princesa se puso tan triste que volvió al Gran Río junto a su madre. Y una vez allí, lloró y lloró durante cuarenta días.

Y mientras la princesa lloraba, las lágrimas hicieron que el Gran Río se desbordara y el mar creció tanto que sus aguas cubrieron el palacio de oro del Gigante del Sol.

Durante cuarenta días, el mar sumergió el palacio del Gigante del Sol y a todos sus habitantes. El Gigante del Sol no podía iluminar la tierra, y la tierra se oscureció.

CAPÍTULO 5

El Gigante de la Lluvia

El príncipe también estaba muy triste.
Echaba de menos a su madre, la Princesa
de los Manantiales, y no quería seguir
viviendo en la cocina del palacio, donde
los perros eran toda su compañía y solo
había sobras para comer.

Así que abandonó el palacio y regresó
a las nubes. Y entonces se puso a
llorar. Y las lágrimas que derramaba
arrastraban la suciedad de su rostro
y se precipitaban sobre la tierra.

Ibura notó que las lágrimas caían
a su alrededor. Miró hacia el cielo
y pudo reconocer a su hijo que no
paraba de llorar. Subió entonces
al cielo a toda prisa para llevárselo
a casa.

Ibura se acercó a su hijo y lo
abrazó emocionada. Y el príncipe le
contó que el bondadoso cocinero lo
había ocultado en la cocina, pero
que allí siempre tenía hambre y la
echaba mucho de menos.

45

La Princesa de los Manantiales se enjugó las lágrimas del rostro, tomó al príncipe de la mano y regresó al palacio de plata de la Giganta del Gran Río. Ibura se quedó a vivir allí para siempre, y nunca volvió con el Gigante del Sol.

El pequeño príncipe creció y se
convirtió en el Gigante de la Lluvia.

Y cuando llega la estación de las
lluvias y llueve mucho en la tierra,
es él quien derrama sus lágrimas tal
como hizo cuando se sentía triste
y solo sin su madre. Y la sedienta
tierra agradece la lluvia, y las plantas
crecen con fuerza, y la Princesa de los
Manantiales hace que los ríos y lagos
brillen de alegría.